AF252506

DISCOURS

Prononcé par Monsieur LUILLIER, Docteur de Sorbonne & Curé de S. Loüis dans l'Isle Noftre-Dame, à la reception du corps de feu Meffire ALEXANDRE BONTEMPS, Ecuyer, Confeiller, Premier Valet de Chambre ordinaire du Roy; Intendant des Chafteau, Parcs, Domaines & Dépendances de Verfailles, Secretaire general des Suiffes & Grifons.

A PARIS,

Chez FRANÇOIS MUGUET, Premier Imprimeur du Roy, du Clergé de France & de fon Eminence M. le Cardinal de Noailles, Arch. de Paris.

MDCCI.

AVEC PERMISSION.

DISCOURS

Prononcé par Monsieur Luillier, Docteur de Sorbonne & Curé de saint Loüis dans l'Isle Noſtre-Dame, à la reception du corps de feu Meſſire ALEXANDRE BONTEMPS, *Ecuyer, Conſeiller, Premier Valet de Chambre ordinaire du Roy, &c.*

MONSIEUR,

C'EST un precieux dépoſt & qui nous eſt bien cher que celuy que vous nous remettez entre les mains ; nous le recevons cependant avec triſteſſe & avec larmes, conſiderant la perte que nous avons faite d'une perſonne qui aymoit veritablement cette Egliſe , & qui dans la neceſſité où il eſtoit de vivre éloigné de nous , nous aſſuroit ſouvent qu'il ſe regardoit toûjours comme noſtre Paroiſſien.

C'eſt avec quelque juſtice qu'il honoroit de ſon amitié cette Paroiſſe où il eſtoit parfaitement honoré luy-meſme , où il voyoit tant de personnes qui luy estoient cheres, & où il sçavoit que reposoient les cendres de celles qu'il avoit le plus tendrement aymées, & avec qui disoit-il souvent, il vouloit estre un jour réüny.

Ce jour fatal de leur réünion est enfin arrivé par l'ordre de la Providence, trop tost pour cette Eglise, en faveur de laquelle son bon cœur animé par la piété luy faisoient esperer de pouvoir obtenir quelques liberalitez du Roy. Quelle douleur pour nous ! quelle désolation pour sa famille ! quelle tristesse generalement pour tout le monde, je dis pour tout le monde, car comme il n'y a personne qui ait esté plus sincerement aimé pendant sa vie, personne aussi n'est plus sincerement regretté aprés sa mort; chacun croit en perdant Monsieur BON-TEMPS avoir perdu son meilleur amy, son Patron & son Protecteur.

Le Roy luy-mesme dans cette mort a ressenty la perte d'un de ses plus zelez & de ses plus fidels serviteurs. Quelle assiduité & quelle exactitude, n'avoit-il pas, à son service ? plus attaché neanmoins à la Personne,

qu'à la grandeur du Prince,
il l'honoroit, il le refpectoit,
il le fervoit , moins pour les
biens qu'il en attendoit , &
qu'il en recevoit, que pour
les vertus qu'il admiroit en
luy.

Quel fecret dans les affai-
res qui luy eftoient confiées,
quelle retenuë , quelle re-
ferve pour fes propres inte-
refts , quelle liberté , quel
empreffement à demander
pour les autres, il ne connoif-
foit pas cet art fi ufité à la
Cour de donner de belles
paroles, fincere , franc, cor-
dial, effectif , il rendoit des
fervices réels & veritables,

& les rendoit à tous ceux qui s'adreſſoient à luy. Il ſemble n'avoir eu du credit & le bonheur de plaire au plus grand des Rois que pour attirer ſes biens-faits ſur plus de perſonnes.

La médiſance ſous quelque forme qu'elle ſe déguiſaſt ne ſe trouva jamais ſur ſes levres, il s'eſtoit fait une loy de ne parler mal de perſonne, c'eſt le témoignage que le Roy en a rendu, témoignage qui vaut luy ſeul un éloge, il ne m'a jamais dit du mal de per-ſonne, ce ſont les termes de ce grand Prince, & m'a toûjours dit du bien de tout le monde , quel éloge pour un homme qui a vécu ſi long-temps à la Cour où l'on ne penſe , où l'on ne travaille qu'à s'élever ſur la ruine des autres , où l'on croit que l'eſtime que l'on a pour eux, dérobe ou affoiblit celle que l'on recherche , & où l'on ſe plaiſt à faire paroiſtre , & à groſſir les deffauts d'autruy, afin de cacher ou de diminuer les ſiens.

De ce cœur bon & tres-bon , pour parler avec l'Evangile , naiſſoit ſa liberalité envers les Pauvres , ſoit de la Ville , ſoit de la Campagne. Vous Pauvres de cette

Paroiſſe , vous reſſentiez tous les ans les effets de ſa charité bien faiſante par les ſecours abondans qu'il rependoit ſur vous , dont il confioit la diſtribution à des perſonnes ſages & éclairées, pour empeſcher que l'artifice d'une trompeuſe indigence n'enlevaſt ce qu'il deſtinoit pour ſoulager les veritables beſoins.

De là ce Cœur Chreſtien qu'il a conſervé au milieu de la Cour ; Cette pieté qui a paru particulierement aux derniers jours de ſa vie , où ſe ſentant frappé d'une maladie mortelle , ſans regreter

les biens periſſables qui s'e-
vanoüiſſoient à ſes yeux, ſans
ſe troubler des larmes d'une
Famille deſolée, il euſt re-
cours de ſon propre mouve-
ment aux Sacremens de l'E-
gliſe. Portant ainſi ſon cœur
& ſes deſirs vers ces biens,
que l'œil n'a point veu, ny
que le cœur humain n'a peu
comprendre.

HEuREuX, ſi à la veüe
de ſon Tombeau nous nous
convainquons du neant des
grandeurs humaines, de la
fragilité des biens de ce
monde, & de l'éclat trom-
peur & paſſager de la faveur
& de la fortune : Ce ſont les

reflexions que nous infpire ce trifte objet ; ce font les leçons que vous , Monfieur, & tous ceux qui compofent voftre fainte Congregation donnez continuellement à la Cour par vos paroles & par vos exemples , & dont Monfieur BONTEMPS a fçeu fi bien profiter. Cependant comme à peine le Jufte fera fauvé , & qu'il eft bien diffi-cile de ne point contracter quelque foüilleure au milieu d'un air contagieux , en mefme temps que nous ac-corderons à fon Corps la fe-pulture Ecclefiaftique que vous luy demandez , nous offrirons pour le repos de son Ame nos Vœux & nos Sacrifices ; & nous tacherons de luy attirer les regards favorables de l'Agneau sans tache toutes les fois qu'il descendra sur cet Autel pour y estre immolé.

F I N.

PERMISSION.

PErmis d'imprimer. Fait ce vingt-deuxiéme Janvier 1701.

DE VOYER DARGENSON.

la petite Desolée —

air de pauline.
Maman, que je suis

ma

marie deniso